El mundo es así

Lada Josefa Kratky

NATIONAL GEOGRAPHIC LEARNING | CENGAGE Learning

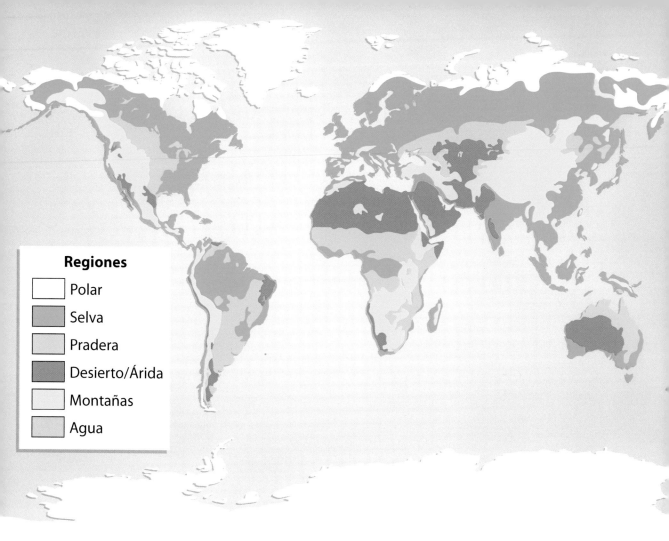

Regiones

	Polar
	Selva
	Pradera
	Desierto/Árida
	Montañas
	Agua

En este mapa del mundo, verás distintos colores. Cada color es importante. El blanco indica una zona muy fría. El azul indica agua.

Polar–Norte

El oso polar vive en las zonas frías del norte. En las del sur, vive el pingüino. Además, muchos otros animales viven en las zonas frías.

Polar–Sur

Desierto/Árida

Hay además zonas secas llamadas desiertos. En este desierto hay cantidad de arena y poca agua. No hay plantas.

En el desierto hace frío de
noche, pero mucho calor
de día. La gente se tiene que
proteger de los rayos del sol.

Selva

En la selva hay árboles altísimos. Sus ramas no dejan pasar los rayos del sol. Por eso, bien abajo casi siempre hay sombra.

La gente que vive en la
selva come lo que la selva da.
También sus casas se fabrican
con lo que la selva da.

Este es un tipo de pradera llamado sabana. En la sabana crece pasto. El pasto alimentará el ganado de la gente que vive allí.

Pradera

Pradera

    A este tipo de pradera le
llaman pampa. El pasto crece
bien aquí. La pampa es ideal
para el ganado. Aquí el ganado
tiene todo lo que necesita.

Montañas

Esta es una zona montañosa. Para poder cultivar la tierra, la gente hace terrazas. En estas terrazas se cultiva arroz.

Para hacer terrazas, hacen falta piedras. Estas se usan también en las casas. Este muro está hecho de piedra.

Cada círculo negro del mapa
indica una ciudad. Quizás a
la gente de la ciudad le guste
visitar lugares como desiertos,
selvas, praderas y montañas.